Queridos amigos y amigas
roedores, bienvenidos
al mundo de

TENEBROSA TENEBRAX

EL MUNDO DE TENEBROSA

Tenebrosa Tenebrax

Nosferatu

Bobo Shakespeare

Abuelo Ratonquenstein

Periodista del Valle Misterioso, resuelve misterios con Nosferatu, su inseparable murciélago doméstico.

Escritor famoso, amigo de Tenebros Tenebrax.

Científico despistado, experto en momias egipcias.

Escalofriosa

Abuela Cripta

Ñic y Ñac

Gemelos latosos, experto en informática.

...obrina preferida de Tenebrosa.

Apasionada de las arañas, posee una tarántula gigante llamada Dolores.

Kafk

Cucaracha doméstica de la Familia Tenebrax.

Poldo

Mayordomo

Bebé

Adoptado con amor por la Familia Tenebrax.

Fantasma que mora en el Castillo de la Calavera.

Señor Giuseppe

Mayordomo de la Familia Tenebrax. Esnob de los pies hasta la punta de los bigotes.

Entierratón

Madam Latumb

Ama de llaves de la familia. En su moño cardado anida el canario licántropo.

Lánguida

Cocinero del Castillo de la Calavera, sueña con patentar el «Estofado del señor Giuseppe».

Papá de Tenebrosa, dirige la empresa de pompas fúnebres «Entierros Ratónicos».

Planta carnívora de guardia.

Geronimo Stilton

EL TESORO DEL PIRATA FANTASMA

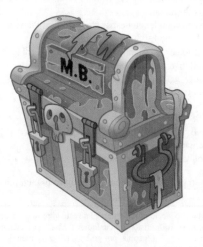

DESTINO

Textos de Geronimo Stilton
Inspirado en una idea original de Elisabetta Dami
Cubierta de Giuseppe Ferrario
Ilustraciones interiores de Ivan Bigarella *(lápiz y tinta china)*
y Giulia Zaffaroni *(color)*
Diseño gráfico de Yuko Egusa

Título original: *Il tesoro del pirata fantasma*
© de la traducción: Helena Aguilà, 2012

Destino Infantil & Juvenil
infoinfantilyjuvenil@planeta.es
www.planetadelibrosinfantilyjuvenil.com
www.planetadelibros.com
Editado por Editorial Planeta, S. A.

© 2010 - Edizioni Piemme S.p.A., Corso Como 15, 20154 Milán – Italia
www.geronimostilton.com
© 2012 de la edición en lengua española: Editorial Planeta, S. A.
Avda. Diagonal, 662-664, 08034 Barcelona
Derechos internacionales © Atlantyca S.p.A., Via Leopardi 8, 20123 Milán – Italia
foreignrights@atlantyca.it/www.atlantyca.com

Primera edición: octubre de 2012
Segunda impresión: agosto de 2014
ISBN: 978-84-08-00799-9
Depósito legal: B. 23.946-2012
Impresión y encuadernación: Unigraf, S. L.
Impreso en España - Printed in Spain

El papel utilizado para la impresión de este libro es cien por cien libre de cloro y está calificado como **papel ecológico**.

Un paquete caído
del cielo

Acababan de dar las doce de la noche, y las calles de Ratonia estaban vacías y silenciosas. A esa hora, los habitantes de la ciudad **RON-CABAN** en sus camas, y en las ventanas de todas las casas reinaba la oscuridad. En todas, menos en una: la **MÍA**.

Oh, perdonad, aún no me he presentado. Mi nombre es Stilton, *Geronimo Stilton*. Dirijo *El Eco del Roedor*, el periódico más famoso de la Isla de los Ratones.

A menudo me quedo sentado ante mi escritorio hasta muy avanzada la madrugada, sobre todo cuando trabajo en una investigación **IMPORTANTE**.

Como el artículo de aquella noche, titulado LOS GRANDES CRIMINALES DE RATONIA.

Yo soy un ratón valiente, pero los nombres de esas ratas me AGARROTABAN la cola de terror: Jack el Destriparratón, Nick Patarrauda, Al Ratone… ¡BRRR!

Sentí que me faltaba el aire y abrí la ventana de par en par.

Una ráfaga de VIENTO me refrescó y contemplé la ciudad dormida.

El cielo negro de la noche estaba lleno de nubarrones oscuros. Hacía mucho

JACK EL DESTRIPARRATÓN

NICK PATARRAUDA

AL RATONE

frío y empezó a **LLOVER A CÁNTAROS**.

Me concentré en mis pensamientos y, de repente…

Cayó un paquete del cielo. Solté un grito de ESPANTO, pero logré asirlo entre las patas.

Al mirar fuera, vi dos alas de murciélago que desaparecían zigzagueando bajo la lluvia.

¡FLAP! ¡FLAP! ¡FLAP!

Era Nosferatu y el paquete en forma de cofre lo enviaba Tenebrosa Tenebrax. Contenía una **nota**, un **cuaderno** y un trozo de QUESO apestoso y lleno de moho. La nota decía:

> *Querido amigo:*
> *Te mando mi nueva aventura.*
> *¡Tienes que publicarla cuanto antes!*
>
> *Además, te envío también algo suculento, un trozo de queso de cuatro siglos.*
> *¡Buen provecho!*

¿Cómo iba a comerme un queso de hacía cuatro siglos? ¡Ni hablar! ¡Quiero conservar el **PELLEJO**!

Eso sí, el obsequio pasaría a formar parte de mi fantástica colección de cortezas de queso antiguas.

El cuaderno también APESTABA una barbaridad, pero empecé a leerlo al instante. Lo terminé con las primeras luces del alba y murmuré:

—Apesta **UNA BARBARI-DAD**, pero…

En ese momento, entró mi hermana Tea, enviada especial de *El Eco del Roedor*, y exclamó:

—¡Qué PESTE! ¡Qué barbaridad!

Pero tras leer el relato, Tea comentó con admiración:

—Apesta una barbaridad, pero… ¡la historia es BUENÍSIMA!

A continuación, llegaron mi sobrino Benjamín y su amiga Pandora, y ellos también dijeron:

—Apesta una barbaridad, pero… ¡la historia es **BUENÍSIMA**!

Los compañeros de la redacción leyeron el relato tapándose la nariz y luego todos exclamaron:

—Apesta una barbaridad, pero… ¡la historia es **BUENÍSIMA**!

En cambio, mi primo Trampita, al entrar en el despacho, exclamó:

—¡Qué aroma tan delicioso!

Entonces, vio el trozo de queso en mi escritorio y lo devoró en un instante.

¡Tiene un estómago de **HIERRO**!

En vista de que el relato les había gustado a todos, decidí publicar el libro de Tenebrosa. Su título es **EL TESORO DEL PIRATA FANTASMA**. Es el libro que tenéis ahora mismo entre las patas. Sólo tenéis que leerlo, mejor dicho… devorarlo.

¡Buen provecho!

EL TESORO DEL PIRATA FANTASMA

TEXTO E ILUSTRACIONES DE
TENEBROSA TENEBRAX

UNA NOCHE DIFÍCIL

Para Bobo Shakespeare, era la enésima noche terrible. Cada vez que conseguía ADORMILARSE, uno de los trece fantasmas de Villa Shakespeare irrumpía en su habitación con algún pretexto de lo más ESTRAFALARIO.

A las doce, Miss Plumeroti, la ama de llaves fantasma, abrió la puerta:

—Yo diría que aquí falta... ¡un poco de POLVO!

Al cabo de un minuto, apareció Bob Cortezadura, el CARPINTERO, y se dirigió al armario:

—Este doble fondo es poco profundo. Esto hay que arreglarlo.

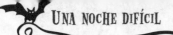

Entre las dos y las tres, la camarera Chorlita **ENTRÓ** y **SALIÓ** al menos diez veces:

—No encuentro mis **GAFAS**. Estoy segura de que las dejé aquí…

Y, efectivamente, estaban bajo la almohada de Bobo.

A las tres de la madrugada, Ted Podatodo, el jardinero, decidió que era el momento de regar el musgo que crecía en las grietas de la mesilla.

A las cuatro en punto, el perro Arf saltó sobre la cama de Bobo y le lamió la cara. Como siempre, Bobo agradeció sus demostraciones de **AFECTO**:

—¡Gracias, Arf! Pero ahora déjame dormir. ¡Es muy tarde!

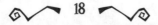

El perro pareció comprenderlo. Se tendió a los pies de la cama, cerró los ojos y se adormiló.

Al cabo de unos minutos, levantó la cabeza y aguzó el oído.

—*GRRRRRR* —gruñó, dirigiéndose a la ventana que daba al jardín.

—Quieto, Arf —intentó tranquilizarlo Bobo—. No hay nadie. ¡NADIE!

Pero Arf corrió hacia la ventana y empezó a ladrar sin parar.

—¡GUAU GUAUUUUUUUU!

Bobo se levantó y miró por la ventana. En la oscuridad de la noche, el jardín parecía tranquilo. Volvió a la cama, pero…

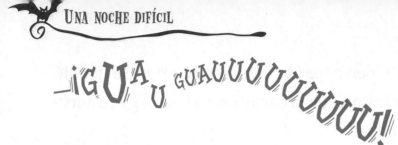

—¡GUAU GUAUUUUUUUU!

—Por favor, Arf, ¡CALLAAAAAAAAAA! —le suplicó Bobo inútilmente.

Luego, exasperado, le lanzó varias cosas al perro:

• el voluminoso borrador de *Suspiros de queso*, el nuevo libro que estaba escribiendo.

 • una vieja **ZAPATILLA** agujereada.

• el **DESPERTADOR**, que marcaba las 3.44 horas.

 • un **CALCETÍN** fétido.

Todo fue inútil: Arf era un perro fantasma y... ¡los objetos pasaban a TRAVÉS de su cuerpo!

Por fin, el primer rayo de sol asomó tímidamente por el Pico Helado, se reflejó en la Cumbre del Canguelo Felino y entró en la habitación de Bobo.

—¡Ya era hora! —suspiró él, aliviado—. Ahora mis **FANTASMAS** se irán a dormir. Incluido el perro.

Bobo sólo deseaba descansar unas horas. Se puso el gorro de dormir, se rascó la nariz, cerró los ojos y, cuando estaba a punto de caer en un sueño profundo...

El ruido de un automóvil que arrancaba y luego se detenía lo despertó de golpe.

—¿Quién puede ser, a estas horas? —se preguntó, PREOCUPADO.

Se dirigió hacia la ventana para ver quién había aparcado delante de su casa al amanecer. Y, en vez de un coche, vio… ¡un montón de HOYOS!

—¿Qué… qué… qué es esto?

Alguien había CAVADO hoyos anchos y profundos en su jardín, y ahora aquello parecía un enorme trozo de queso de

GRUYERE.

Bobo se rascó la cabeza y susurró:

—¿Quién habrá sido? Y sobre
todo… ¿ POR QUÉ lo habrá
hecho?

¿P—por… por qué?

¿SABES EL DEL PIRATA...?

Ya había amanecido y en casa de Bobo Shakespeare reinaba por fin un **SILENCIO** sepulcral. Al igual que cualquier fantasma que se precie, los trece fantasmas que vivían allí dormían profundamente durante el día, para recuperarse del **eſfueRᴢo** nocturno.

Bobo también solía aprovechar aquellas horas para dormir. Pero esa **mañana** no pudo...

El escritor estaba agotado, pero no dejaba de dar **vueltas** y más **vueltas** en la antigua cama, muy preocupado por los hoyos que habían aparecido en su jardín.

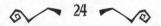

Se puso a contar **MUR-CIÉLAGOS** para ver si le entraba sueño, pero no funcionó.

—¡No entiendo nada de nada! —le espetó al murciélago número 1.264—. Quizá tío Ratelmo encuentre una *explicación*.

Bobo se vistió y recorrió el largo pasillo, a esa hora silencioso como un ataúd **VACÍO** y **GÉLIDO** como el aliento de un yeti. Al llegar ante la puerta de la sala de la caldera, vio que estaba cerrada. Un **CARTEL** recomendaba no entrar:

NO MOLESTEN
¡¡¡¡¡EL ESPECTRO
ESTÁ DURMIENDO!!!!!

Bobo se detuvo, indeciso, pero al final se armó de **valor**, giró el pomo y entró en el reino de su tataratío-abuelo Ratelmo.

Era una sala **circular**, con las paredes cubiertas de enormes librerías llenas de volúmenes antiguos.

Su tío, con unos **bigudíes** en el bigote, dormía profundamente en un viejo sillón de cuadros. Bobo intentó despertarlo suavemente.

—Tí-tío Ratelmo... de-despierta, ha ocurrido algo muy **ra-raro**...

Pero su tío no se movía. Bobo decidió cambiar de táctica, tomó aire y gritó muy fuerte:

—¡TÍO RATELMO!
¡DESPIERTAAAA!

El fantasma se puso en pie de un salto, blandiendo su bastón.

—¿Qué pasa? ¿Hay un incendio? ¿Han entrado los enemigos? **¡¡¡AL ATAQUE!!!**

Entonces vio a Bobo y volvió a sentarse.

—¿Qué ocurre, sobrino? ¿Por qué PERTURBAS mi sueño?

Bobo tartamudeó:

—Esta no-noche, alguien ha cavado mu-muchos Ⓗ Ⓞ Ⓨ Ⓞ Ⓢ en nuestro jardín.

Tío Ratelmo tosió, perplejo. Meditó un poco y, de repente, se iluminó:

—¡Ya lo tengo! ¡Seguro que buscaban el TE-SORO!

A Bobo le temblaron los bigotes de emoción:

—¿Tesoro? ¿Y por qué iba nadie a buscar un te-tesoro en nuestro jardín?

—¡Qué ignorante eres, sobrino! —exclamó el tío Ratelmo—. Según las LEYENDAS, el

Pirata Morgan Bigotenegro

pirata Morgan Bigotenegro estuvo una temporada en nuestra casa y ocultó aquí un tesoro.

—¡¿En serio?! —preguntó Bobo, INCRÉDULO.

Su tío asintió y siguió hablando, aunque se le cerraban los ojos de sueño.

—En el Valle Misterioso siempre se ha RUMOREADO
que el pirata Bigotenegro
era muy amigo de la tata-
ra-tatarabuela Doña Ra-
talda. De eso hace unos...
cuatro siglos.

Doña Ratalda

—¿Doña Ratalda?

—La misma. Pero nadie
ha encontrado PISTAS
sobre el famoso tesoro. Bueno, ya está bien,
sobrino —concluyó el tío Ratelmo—. El día
está hecho para dormir. Antes voy a contar-
te un par de CHISTES buenísimos. ¿Sabes
el del pirata...?

Ratelmo contó varios chistes seguidos. De
pronto, dejó de hablar y cayó en un sueño
PESADO como una losa.

Bobo aprovechó para salir de la habitación, y
cerró la puerta muy despacio.

—Que descanses, tío —susurró. Luego se rascó la nariz y exclamó—: Todo esto es un **MISTERIO**… Ya sé quién puede ayudarme. ¡Voy a llamar a Tenebrosa!

LOS CHISTES DEL TÍO RATELMO

DOS PIRATAS
—Mira, el mar se está levantando.
—¿En serio? No sabía que estuviera durmiendo...

EL COLMO
—¿Cuál es el colmo de un pirata?
—Tener un hijo que sea un... tesoro.

¡Ayúdame, Tenebrosa!

—Un poco de MAQUILLAJE hecho con moho de liquen podrido y... una ligera capa de **BRILLO DE LABIOS** de baba de caracol antártico. ¡Lo mejor para empezar bien el día!

Al igual que todas las mañanas, Tenebrosa Tenebrax se estaba arreglando delante del ESPEJO. No podía ir a hacer entrevistas para su reportaje sobre el maquillaje en el cine de terror sin lucir su legendario color de MOMIA. Mientras se estaba dando los últimos toques, oyó sonar su MÓVIL.

—Hola, Tenebrosa, soy Bobo. Te-tengo un pro-problema.

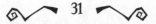

—Ya sé de qué se trata. No te **ANGUSTIES**, Bobito.

—¿Qué? Pe-pero…

Sin dejarlo hablar, Tenebrosa declaró con aire TRIUNFANTE:

—¡Tu amiga Tenebrosina lo ha solucionado!

—¿E-en serio?

—¡Pues claro! Y te aseguro que son espléndidamente… **¡HORRENDOS!**

—Ah, bueno, menos mal… Espléndidam… Oye, ¿de qué estás hablando?

—¿De qué va a ser? ¡De nuestros maravillosos DISFRACES!

—¿Di-disfraces? —replicó Bobo, desorientado.

—¡Exacto! ¡Disfraces! Lady Ratalade ha hecho un trabajo estupendo. **DISCUTIMOS** un poco sobre cómo había que colo-

car los pétalos secos en mi disfraz de crisantemo marchito, pero con el tuyo...

—Te-Tenebrosa, ¿de qué-qué...?

—Con el tuyo no habrá problema. Serás un fantástico...

—¿Qué-qué?

—... **CONTENEDOR** de reciclaje de basura. ¿No te parece una idea deliciosamente PÚTRIDA?

—¿¡¿De qué estás hablando?!? —logró exclamar al fin Bobo.

—Oh, Bobito, ¿no te lo dije? Le pedí a la estilista de moda del Valle Misterioso que nos hiciera los disfraces para el GRAN BAILE de esta noche.

—¿Gra-gran Baile? ¿E-esta noche?

¿Qué-qué?

—¡Bobito! —resopló Tenebrosa—. ¡Siempre tengo que explicártelo todo! Hoy es 21 de diciembre, el día del SOLSTICIO DE INVIERNO. Será la noche más larga del año y se celebra en todo el Valle Misterioso. Primero daremos la CENA del Solsticio aquí, en el Castillo de la Calavera, y luego tú y yo iremos a la academia para asistir al Gran Baile de Disfraces.

—¡Yo no sabía na-nada!

—¡Por mil momias desmomificadas! Bobo, ¡no me hagas perder la PACIENCIA! Recibimos las invitaciones hace dos semanas.

De pronto, Bobo se acordó. Hurgó rápidamente en un cajón y sacó un tarjetón violeta muy *elegante*.

Lo había olvidado por completo. No solía acudir a ese tipo de FIESTAS.

—Te-Tenebrosa, no sé si es buena idea... no soy un gran bailarín...

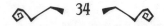

Su Ratonil Excelencia está invitado al Gran Baile del Solsticio.

Se celebrará la noche del 21 de diciembre en la Academia de las Artes del Miedo.

¡¡¡Atención!!! ¡Es un baile de disfraces!

—¡No digas **tonterías**! Por nada del mundo vamos a perdernos el *Gran Baile del Solsticio*.

Bobo suspiró. Cuando a Tenebrosa se le metía algo en la cabeza, había que resignarse.

—Está bien —dijo—, pero antes tienes que ayudarme a resolver un MISTERIO.

A Tenebrosa le encantaban los misterios, y preguntó con gran interés:

—¿De qué se trata, querido Bobito?

—Esta mañana he encontrado el jardín de mi casa lleno de (H)(O)(Y)(O)(S). Tío Ratelmo dice que alguien está buscando el tesoro de Morgan Bigotenegro…

—*¡MORGAN BIGOTENEGRO!* ¿El pirata más famoso del Valle Misterioso?

—El mismo. Según dicen, una antepasada mía lo invitó a pasar unos días en Villa Shakespeare…

—Bobito, ¡qué misterio tan INTRIGANTE! —exclamó Tenebrosa—. Descubriremos quién cavó los hoyos… y, con un poco de suerte, ¡encontraremos el TESORO!

—Gracias, Tenebrosa, sabía que podía contar contigo.

Tenebrosa colgó el teléfono, y se dijo, ENTUSIASMADA:

—Va a ser una historia... **¡ESCALO- FRIANTE!**

Luego se dirigió a su murciélago doméstico, que le revoloteaba alrededor de la cabeza:

—Nosferatu, ¡prepárate! Vamos a **DE- SAYUNAR** y luego iremos a resolver misterios.

¡Iremos a resolver misterios!

Estómagos vacíos en el Castillo de la Calavera

Tenebrosa entró en el comedor, donde se había reunido su **FAMILIA**. Los observó un instante, y comprendió que pasaba algo. Los Tenebrax eran **RAROS**, pero se los veía más raros de lo normal. Su padre, Entierratón, recorría la sala de **ARRIBA ABAJO** sin de-

¿Qué ocurre?

jar de murmurar; el Bebé, en las rodillas de Madam Latumb, estaba a punto de echarse a llorar **DESESPERADAMENTE**; la voraz planta carnívora Lánguida languidecía en una esquina; Escalofriosa, la sobrinita de Tenebrosa, tenía la mirada SOMBRÍA y los gemelos Ñic y Ñac estaban TRISTES y silenciosos en un rincón.

—¿Qué ocurre? —preguntó Tenebrosa.

—¡UNA TRAGEDIA! —suspiró la Abuela Cripta—. Hoy el señor Giuseppe no ha preparado su estofado.

Tenebrosa se quedó de PIEDRA. A las horas de las comidas, el cocinero de los Tenebrax siempre servía una olla de su **célebre especialidad**, un estofado que contenía de todo, y que sólo los habitantes del Castillo de la Calavera eran capaces de comer... y de digerir.

En ese momento, irrumpió en el salón el señor Giuseppe en persona:

—¡Soy un cocinero **ARRUINADO**, **ACABADO** y **DESTROZADO**! —gritó, muy desesperado—. Esta noche... BUAAA... se celebra el Solsticio... BUAAA. Todos han preparado algo especial...

—Yo cubriré los muebles del Castillo de la Calavera con telarañas plateadas —intervino la Abuela Cripta.

—Nosotros hemos preparado una broma —anunciaron Ñic y Ñac—. ¡CONFETIS QUE SE PEGAN EN LOS BIGOTES para todos!

—Pues yo he compuesto una escalofriante oda fúnebre titulada *Los sepulcros negros* —dijo emocionadísimo Entierratón—. La recitaré durante la cena…

—¡¡¡La cena!!! —lo interrumpió el señor Giuseppe—. BUAAA. Quería preparar un Estofado Especial para la Cena del Solsticio en el Castillo de la Calavera…

—Una idea excelente —lo animó Tenebrosa.

—Sí, solamente que para mi Estofado Especial necesito un ingrediente ESPECIAL. Ya los he probado todos… BUAAA… y nada… ¡NADA! —se lamentó el señor Giuseppe—. ¡No hay nada que lo haga realmente ESPECIAL!

El cocinero le tendió un papel a Tenebrosa y ella leyó en voz alta:

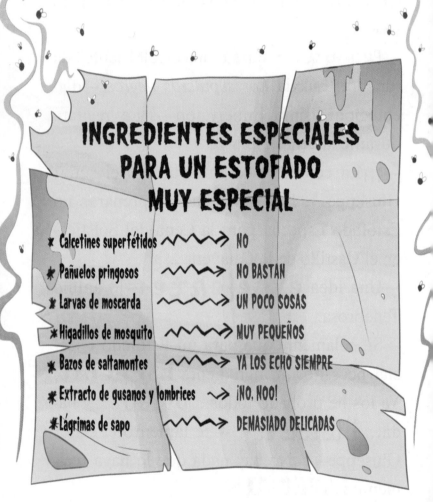

INGREDIENTES ESPECIALES PARA UN ESTOFADO MUY ESPECIAL

* Calcetines superfétidos 〰〰〰➤ NO
* Pañuelos pringosos 〰〰〰➤ NO BASTAN
* Larvas de moscarda 〰〰〰➤ UN POCO SOSAS
* Higadillos de mosquito 〰〰〰➤ MUY PEQUEÑOS
* Bazos de saltamontes 〰〰〰➤ YA LOS ECHO SIEMPRE
* Extracto de gusanos y lombrices 〰➤ ¡NO, NOO!
* Lágrimas de sapo 〰〰〰➤ DEMASIADO DELICADAS

Tenebrosa intentó animarlo:

—¡**ÁNIMO**, señor Giuseppe! Yo encontraré el ingrediente que falta.

—¿En serio? —respondió él, mirándola con los **OJOS** húmedos.

¿Vas a ayudarme?

—¡Pues claro! Ahora usted vaya a preparar su repugnante e **irresistible estofado** de siempre. Ya sabe que los Tenebrax no podemos pasar sin él.

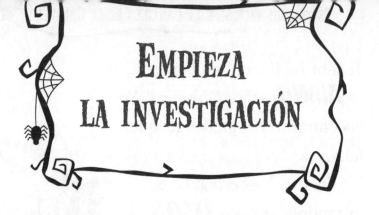

EMPIEZA
LA INVESTIGACIÓN

No había tiempo que perder. Tenebrosa se fue **CORRIENDO** a ver a Bobo para ayudarlo. Al llegar delante de la puerta, **TROPEZÓ** con algo.

—¿Quién ha dejado un cojín aquí en medio?

—¡No es ningún cojín! —gritó Nosferatu—. ¿No ves que es **KAFKA**?

Tendida en el suelo boca arriba, con la barriga tan **HINCHADA** que parecía un cojín relleno de plumas, estaba la cucaracha doméstica de los Tenebrax.

—¡Es verdad! Pobre Kafka, ¿qué te pasa?

—Tiene **indigestión**, tía —dijo Escalofriosa y le mostró una caja con la siguiente eti-

queta: ESCARALIZ, DELICIOSAS GOLOSI-
NAS DE REGALIZ PARA CUCARACHAS—. Le
regalé una caja de golosinas… ¡y se las zampó
todas en un minuto!

Tenebrosa miró a la cucaracha y le ordenó:

—¡En pie, GOLOSA! Lo que necesitas es
moverte un poco.

Poco después, todos iban en el *TUR-
BOLAPID*, el coche fúnebre descapotable de Tenebrosa, camino de Villa Shakespeare. Bobo los esperaba impaciente en la
puerta. En torno a la casa, el jardín estaba
llenísimo de hoyos.

—Hum… **INTERESANTE** —murmuró Tenebrosa, examinando uno de los hoyos, mientras Escalofriosa sacaba **FOTOS** sin
parar.

—Parece que lo ha cavado un profesional.

—¿Cómo lo sabes? —preguntó Bobo, **PER-
PLEJO**.

—*Teoría de los fosos, galerías y cavidades misteriosas*, segundo trimestre del tercer curso de la Academia de las Artes del Miedo: si las paredes de un hoyo excavado clandestinamente de noche son compactas y se han sacado todas las piedras, es que lo han hecho las **PATAS** de un profesional —respondió mecánicamente su amiga—. Querido Bobito, ¡con este **misterioso** excavador no se juega!

—¿Tú cre-crees? —murmuró Bobo.

—¡Seguuuro! —susurró Nosferatu.

¡Corres un grave peligrooo!

—¿Pe-peligro? Pero si yo…

Al ver que Bobo, como siempre, estaba a punto de **DESMAYARSE**, Tenebrosa dijo en tono irritado:

—Anda, Bobito, no dejes que te asuste un excavador nocturno. Hay cosas mucho

Unas fotos no vendrán bien

PEORES en el mundo... —luego lo asió por las solapas y lo arrastró hacia el Turbolapid—: ¡Venga, nos vamos! ¡La investigación prosigue!

—Pe-pero ¿adónde vamos? —bisbiseó Bobo.

—¡A la **ACADEMIA DE LAS ARTES DEL MIEDO**! —resopló Tenebrosa—. Estoy segura de que alguien está buscando el tesoro del pirata Morgan Bigotenegro. Si queremos adelantarnos a él, necesitamos más información. Y yo sé quién nos puede ayudar.

—Tía, sería mejor que yo me quedase aquí con Kafka —sugirió Escalofriosa, preocupada—. **LA POBRE ESTÁ FATAL**.

La cucaracha se arrastraba penosamente por el jardín, retorciéndose de **dolor de estómago**.

—Está bien, Escalofriosa. Pero déjame tu cámara. Las **IMÁGENES** de los hoyos pueden sernos muy útiles.

Y dicho esto, Bobo, Tenebrosa y su inseparable Nosferatu montaron en el coche fúnebre
color violeta y se **ALEJARON**.
Ninguno vio que, detrás de unos arbustos, alguien espiaba todos sus movimientos…

? ¿Quién se oculta
tras los arbustos?

INTERROGATORIO EN LA ACADEMIA

—Bobo, la primera parada que haremos será en el despacho del prestigioso profesor Alabordaje —anunció emocionadísima Tenebrosa y bajó de un gran salto del Turbolapid descapotable, después de aparcarlo en el patio de la Academia de las Artes del Miedo.

—Tenebrosa, ¿qui-quién es el profesor Alabordaje? —preguntó tímidamente Bobo.

—Pues es el profesor de PIRATOLOGÍA APLICADA —explicó Tenebrosa, sacándolo de dudas—. Es un gran experto en todo lo que esté relacionado con los PIRATAS que surcaron los mares.

Y, sin dejar que Bobo replicara, lo **COGIÓ** de la manga y lo guió hasta una puerta con la (PLACA):

PROFESOR ALABORDAJE

ILUSTRE PIRATÓLOGO
ESTUDIOSO DE PIRATOLOGÍA APLICADA,
PIRATERÍA E HISTORIA
DE LOS CORSARIOS

Tenebrosa estaba a punto de llamar cuando la puerta se abrió, y asomó un simpático morro, con un **PARCHE** negro en el ojo.

—¿Ya estáis aquí? —preguntó el anciano roedor, y se quitó un extraño SOMBRERO para saludar—. ¡No os esperaba tan pronto!

—¿Nos e-esperaba, profesor? —preguntó Bobo, titubeando.

—¡Por supuesto! Todos los días no tengo el gusto de conocer a dos insignes ESTU-DIOSOS.

—¿E-estudiosos? Pero ¡¿qué e-está di-diciendo?! —farfulló Bobo, sin ENTENDER nada.

—¿No sois los hermanos Charlatín? ¿Los famosos intérpretes de dialectos piratas?

—Profesor, qué bromista es usted —rió Tenebrosa.

—¡Por mil galeones hundidos! Yo conozco esa voz: ¡eres Tenebrosa! —exclamó el roedor. Luego se quitó el parche y miró a Bobo—: Qué pinta tan RARA tienes…

—E-en realidad, Te-Tenebrosa es ella…

—¡Ah, claro, estás aquí! —exclamó el profesor.

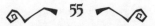

Se volvió hacia la chica y se puso el parche en el otro ojo—. Ya decía yo que te recordaba más espabilada. ¿Y quién es ese roedor que me mira **ALELADO**? —preguntó Alabordaje, guiñándole un ojo a Tenebrosa.

—Es Bobo Shakespeare —rió Nosferatu—, un *escritor* bobalicón.

—¡Por mil ballenas! ¿Un escritor? —se iluminó el profesor—. ¿Me trae una buena b̲i̲o̲g̲r̲a̲f̲í̲a̲ de piratas?

—La verdad es que estamos aquí para investigar al pirata Morgan Bigotenegro —explicó la chica—. Creemos que ocultó un TESORO en casa de mi amigo. ¿Usted sabe algo de eso?

—Pues… a ver… Bigotenegro…

Tenebrosa y Bobo siguieron al profesor hasta su despacho. Había muchas estanterías repletas de **OBJETOS RAROS**, con aspecto mohoso. Un papel AMARILLENTO colgaba de una pared:

INVENTARIO DEL DESPACHO

- 24 enciclopedias sobre piratería y 12 ensayos comparados sobre correrías piratas, abordajes y galeones abandonados.

- 117 cuadernos de bitácora de piratas ilustres.

- 113 banderas antiguas de barcos piratas.

- 44 mapas de tesoros encontrados (por otros).

- 8 garfios de los 8 piratas más temibles de la historia.

- 3 plumas de colores de Mario el Temerario, el célebre loro pirata.

- 1 valiosísima Brújula Detecta-Tesoros (rota).

El profesor empezó a REBUSCAR entre los viejos libros polvorientos, hasta encontrar lo que buscaba.

—¡Aquí está! Según la ENCICLOPEDIA DE LAS HAZAÑAS PIRATAS, Morgan Bigotenegro estuvo en el Valle Misterioso, concretamente en Villa Shakespeare.

—¿Lo ves, Bobito? —susurró Tenebrosa—. El RUMOR era cierto.

—Bigotenegro era un caballero, y le REGALÓ a su anfitriona, la bella Doña Ratalda, un rico tesoro, fruto de sus correrías piratas…

—¿Y se sa-sabe dónde lo e-escondió? —preguntó Bobo, esperanzado.

—No, querido escritor —respondió Alabordaje—. NADIE lo sabe.

—Entonces, el único que puede saber el punto exacto donde el pirata Bigotenegro enterró el tesoro es… ¡su fantasma! —dedujo Tenebrosa.

—Lamentablemente, Morgan Bigotenegro fue el más *DESMEMORIADO* de los piratas desmemoriados, y una vez que **ENTERRABA** sus tesoros, olvidaba los escondites.

—Tal vez su fantasma CAVÓ los hoyos en el jardín de Villa Shakespeare para buscar el tesoro —sugirió Tenebrosa con entusiasmo—. ¡Qué historia tan increíble! Un TESORO misterioso, un *PIRATA* y su FANTASMA. ¡Me encanta! ¡Escribiré el artículo del siglo!

—Por desgracia, querida, si mis investigaciones son exactas, y sin duda lo son, vuestro excavador no puede ser él. El fantasma de Bigotenegro sólo APARECERÁ cuando alguien encuentre el tesoro. Es lo que dicen todas las leyendas.

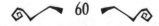

—Entonces, ¡no hay solución! —exclamó Bobo, DESANIMADO.

Tenebrosa se repuso en seguida de su decepción, y anunció:

—¡No digas **tonterías**, Bobito! Encontraremos el tesoro, lograremos que aparezca el fantasma y yo publicaré mi **PRIMICIA**. ¡El único problema es averiguar quién cavó los hoyos de tu jardín!

CONSEJOS Y ESCONDITES

Sin dejar que Bobo tuviera tiempo de despedirse del profesor Alabordaje, Tenebrosa echó a correr **ARRIBA** y **ABAJO** por los pasillos y escaleras de la academia. A Bobo le **COSTABA** mucho seguirla.

—Buf… buf —jadeó—. Tenebrosa, ¿se puede saber adónde **VA·VAMOS**? —preguntó, al recuperar un poco el aliento.

—A ver a la profesora Descubrerrastros.

—¿Otra rata… ejem… **EXPERTA** en pi-piratas?

Sin detenerse, Tenebrosa **NEGÓ** con la cabeza:

—No, Bobito, ¿para qué necesitamos otra experta en piratas? El tesoro puede esperar, an-

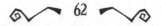

tes tenemos que descubrir quién cavó los hoyos de tu jardín. A veces eres tan bobalicón…
Nosferatu revoloteó con insolencia alrededor
de la cabeza del jadeante Bobo, repitiendo sin
cesar:

—¡BOBALICÓN! ¡BOBALICÓN!

—Buf… buf

—La profesora Descubrerrastros es una experta en escondites —prosiguió la chica, mientras subía de dos en dos los peldaños mohosos que llevaban a lo alto de la torre de la academia—. Quiero enseñarle las **FOTOS** de los hoyos, a ver si sabe quién puede haberlos cavado.

Bobo estaba perplejo, pero antes de que pudiera replicar, llegaron ante una puerta con otra **PLACA**. La leyó jadeante:

PROFESORA
DESCUBRERRASTROS
LOCALIZADORA Y ANALISTA
DE ESCONDITES DE TODO TIPO.
DOCENTE DE IDENTIFICACIÓN
DE RASTROS, HUELLAS Y PISADAS

—Fui su mejor alumna —confesó Tenebrosa con cierto *orgullo*, antes de llamar a la puerta.

—¿Quién es? —gritó una voz femenina.

Al cabo de un instante, abrió la puerta una roedora de aspecto **ATLÉTICO**, vestida con camisa y chaleco, con unos prismáticos colgados al cuello.

—¡Tenebrosa, eres tú! ¡Mi alumna de olfato *excepcional*! ¿Qué te trae por aquí? ¿Estás **INVESTIGANDO** algo? —de pronto, la profesora observó a Bobo—. Veo que ahora tienes un ayudante…

—Bueno… yo soy… Bobo Shakespeare —suspiró el escritor.

—Parece más bien *debilucho*… Supongo que debe de ser difícil encontrar un buen ayudante. Pasad, por favor.

Tenebrosa Tenebrax soltó una gran CAR-CAJADA, y entró muy decidida en el despacho de la profesora Descubrerrastros. Estaba lleno de lupas, prismáticos, redes e INSTRUMENTOS CURIO-SÍSIMOS.

—El motivo de nuestra visita es que estamos buscando un tesoro —aclaró—. El problema es que no somos los únicos en esto. Alguien más lo está buscando, y creo que utiliza a un excavador profesional.

Mientras hablaba, Tenebrosa le tendió a la profesora Descubrerrastros la CÁMARA de fotos de su apreciada sobrina, Escalofriosa. En la pantalla, se veía de cerca uno de los hoyos del jardín de Villa Shakespeare.

La profesora Descubrerrastros la **OBSER-VÓ** con mucha atención, entrecerrando los ojos.

—Hum… Tienes razón, esto lo ha hecho un **PROFESIONAL**. Y creo que… sé de quién se trata.

MISIÓN INCUMPLIDA

Entre tanto, en el jardín de Villa Shakespeare, la pobre Kafka sufría CALAMBRES y no hacía más que quejarse. Escalofriosa lamentaba verla en ese estado y, para distraerla, empezó a contarle una historia:

—Había una vez una araña muy grande, que vivía sola en el TRONCO de un viejo árbol del cementerio…

—Están DISTRAÍDAS… ¡ahora! —susurró una voz a pocos metros de ellos. Tilly, Milly y Lilly, las trillizas Rattenbaum, se alejaron silenciosamente de los arbustos que las ocultaban. Alguien se movió lentamente para SEGUIRLAS, y las hojas crujieron a su paso.

—¡Despacio, inútil! —le susurró Tilly a su enorme **CIEMPIÉS** de compañía, que las seguía a todas partes.

Un instante después, las trillizas montaron en su destartalado coche, que tenía al menos cincuenta años, y el ciempiés subió lentamente al

ANDRÉS EL CIEMPIÉS

asiento de atrás. Milly arrancó, y el coche salió a toda **PASTILLA**.

Muy pronto, la silueta del Palacio Rattenbaum se recortó en el horizonte.

—**LO SABÍA**. Está ahí.

—**LO SABÍA**. Nos está esperando.

—**LO SABÍA**. ¿Y ahora quién se lo va a exponer?

Junto a la verja del antiguo edificio, inmóvil como una **ESTATUA**, estaba la extraña figura del anciano Amargosio Rattenbaum, con un sombrero de copa aplastado y el traje

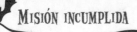

REMENDADO: Al ver a las trillizas, el señor de la casa abrió los brazos, con auténtico *entusiasmo*.

—¡Mis sublimes, encantadoras y aristocráticas nietas! ¿Qué buenas **nuevas** le traéis a vuestro abuelo?

¡Lo sabía, está ahí!

¡Nos está esperando!

¿Y ahora qué?

POR ALLÍ

POR AQUÍ

ARRIBA POR ABAJO

Las trillizas bajaron despacio del coche y empezaron a **ACLARARSE** ruidosamente la garganta.

—¿Y bien, queridas? —insistió Amargosio—. ¿Misión cumplida?

—MÁS BIEN...

—... MISIÓN...

—... ¡INCUMPLIDA!

Amargosio Rattenbaum era un roedor muy educado y sabía controlar sus reacciones.

—¿QUEEE? —chilló, furioso.

Las trillizas se **ACERCARON** la una a la otra.

—Ningún tesoro...

—... ni un alfiler...

—... sólo una lata vacía.

¡¿No habéis encontrado el tesoro?!

—¿Habéis contado con la ayuda de un excavador profesional como Andrés el ciempiés, e incluso así... habéis FRACASADO?

Tilly, Milly y Lilly intentaron justificarse.

—¡Hemos trabajado toda la NOCHE!

—¡Tal vez la historia que oíste era FALSA!

—¡Tal vez en Villa Shakespeare no hay NINGÚN TESORO!

—¡Nada de falsa! ¡Por todos los ratazos! —se enfureció aún más Amargosio—. Me la contó un *gentilratón* muy respetable en el Club de los Nobles Roedores en Decadencia.

—Puede que alguien ya haya encontrado el tesoro —apuntó MILLY.

—¡No han encontrado nada! —respondió el anciano ratón—. ¡Nos habríamos enterado! ¡Volved allí y seguid buscando! ¡¡¡RÁPIDO!!!

Mientras hablaba, empujó hacia el asiento de atrás del coche al CIEMPIÉS, y éste se agitó como si le hubiera picado una tarántula rabiosa.

Había cavado muchos hoyos aquella noche y estaba demasiado cansado para empezar a buscar otra vez el tesoro.

Las trillizas intentaron PROTESTAR.

—PERO...

—NO...

—QUIZÁ...

—¡Nada de peros! —las interrumpió su abuelo—. ¡Marchaos ya! ¡Y no se os ocurra volver con las 🐾PATAS🐾 vacías!

ANDRÉS EL CIEMPIÉS

CARGO: acompañante oficial de las muy nobles trillizas Rattenbaum.

LUGAR DE NACIMIENTO: montes Mokasines.

EDAD: le han cambiado las suelas cuatro veces.

MARCAS PECULIARES: posee varios miles de pares de zapatos.

PREFERENCIAS: le encanta el calzado a la última moda, aunque también le gusta el artesanal, siempre que sea cómodo.

CICLOS CLIMÁTICOS: en verano lleva zuecos, chanclas y sandalias. En invierno, botas, calentadores y descansos. En casa, siempre zapatillas.

CUALIDADES: es un excavador excelente y siempre termina los trabajos que le asignan.

DEFECTOS: es muy despistado y en seguida se cansa.

UN JARDÍN
MUY CONCURRIDO

La profesora Descubrerrastros reconoció el inconfundible estilo del excavador Andrés el **CIEMPIÉS**, un exayudante suyo que abandonó la carrera académica por un empleo en el Palacio Rattenbaum.

—Por lo que veo, detrás del misterio están esas tres **MOSQUITAS MUERTAS**, las trillizas Rattenbaum. ¡Tendría que haberlo imaginado! —comentó Tenebrosa al salir de la academia—. Bobito, *REGRESEMOS* a tu casa. Tenemos que encontrar el tesoro antes que las trillizas. No quiero que el fantasma de Bigotenegro APAREZCA ante ellas y me roben la entrevista.

El Turbolapid llegó a Villa Shakespeare en el mismo instante en que el coche de las trillizas Rattenbaum aparcaba, entre *BUFIDOS* y **PETARDEOS**.

—¡Por el asma de mi abuelo fantasma! ¡Esas aristócratas mosquitas muertas ya están aquí!

Las trillizas rodearon a Bobo y le dedicaron sus mejores *sonrisas*.

—Vaya… ¿qué viento terrible os ha traído hasta aquí? —preguntó Tenebrosa, con el ceño fruncido.

Las trillizas casi no se dignaron mirarla.

—¡Uf!… aquí está la *FASTIDIOSA*…

—… la *DESDEÑOSA*…

—… ¡*TENEBROSA*!

—Pues sí, estoy aquí. Y tengo información sobre un excavador de hoyos al que conocéis muy bien…

Las trillizas intercambiaron una mirada de *ALARMA*.

—No sabemos…

—… de qué…

—… hablas.

En ese momento, el ciempiés bajó muy despacio del asiento trasero del coche de las trillizas con aire soñoliento.

—¡Aquí tienes al que ha hecho los hoyos de tu jardín, Bobo! —exclamó Tenebrosa, señalando al CIEMPIÉS.

—Pero ¿qué dices? —replicó Milly—. Es Andrés, nuestro ciempiés de compañía.

—Él no tiene nada que ver con vuestros ⒽⓄⓎⓄⓈ —declaró Lilly.

—Pues yo me apuesto lo que queráis a que los hoyos son cosa **VUESTRA** —respondió Tenebrosa—. ¡Y habéis vuelto para seguir cavando!

—Te equivocas. Estamos aquí para pedirle a *Robo…* —empezó Tilly.

—… que sea nuestro acompañante… —prosiguió Milly.

—… en el Gran Baile del Solsticio —concluyó Lilly.

—¡Os voy a momificar! —exclamó Tenebrosa, **FURIOSA**—. ¡Os haré picadillo! ¡Os anudaré como una víbora babosa! ¡Todo el mundo sabe que Bobo va a ser **MI** acompañante!

En ese momento, llego Escalofriosa:

—Por fin te encuentro, tía. Kafka está *mejor*, ¡mírala!

La cucaracha doméstica **trotaba** por la hierba, contenta de haber recuperado fuerzas. Los hoyos excavados en el descuidado jardín le servían para **EXPLORAR** y divertirse. Saltó dentro de un agujero apartado, desde donde los otros no podían verla. Si encontraba algo bueno para **COMER**, no quería compartirlo con nadie. Cuando salió del hoyo,

sujetaba entre los dientes algo que había **EN-CONTRADO** dentro.

Pero no era nada comestible. Por eso se dirigió hacia Tenebrosa y depositó el objeto a sus pies.

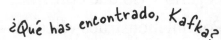

¿Qué has encontrado, Kafka?

Desenmascaran al excavahoyos

—¡ARF, ARF, ARF!

Lo que Kafka dejó a los pies de Tenebrosa no era el PALITO habitual. La chica se agachó a recogerlo y vio que era...

—¡Por mil monstruos veloces! —exclamó muy sorprendida—. ¡Esto es un ZAPATO!

—¿Qué hace un zapato en mi jardín? —preguntó Bobo.

Las trillizas Rattenbaum intercambiaron una mirada nerviosa y empezaron a caminar despacio hacia ATRÀS.

Tenebrosa cogió a Kafka en brazos y, a continuación, le preguntó:

—¿Dónde lo has encontrado, pequeña?

Kafka orientó las antenas hacia el hoyo más alejado y profundo.

—¡ARF, ARF, ARF!

Nosferatu tradujo la frase para que la entendiera Bobo, el único que no comprendía el *arfiano*, la lengua de las cucarachas:

—La ha encontrado en el hoyo más alejado.

Tenebrosa dejó a Kafka en el suelo y examinó el zapato con actitud de **INVESTIGADORA**: estaba lleno de tierra. Lo limpió un poco con la uña y descubrió un número: **822**.

Tenebrosa se acercó de inmediato al ciempiés. Estaba **PÁLIDO** como un fantasma y **TEMBLABA** como una hoja seca.

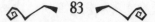

—**¡¿ZIGZIGIZIZIGZIG?!** —le preguntó, en tono amenazador.

—**¡ZIGZIGZIGZIGZIGZIG!** —farfulló el ciempiés, con aire culpable.

La mirada de Tenebrosa se suavizó al concluir con un tranquilizador:

—**¡ZIGZIG!**

—Tenebrosa, ¿tú lo entiendes? —preguntó Bobo, estupefacto.

—¡Pues CLARO! Todo el mundo entiende el *ciempiedés*. Mirad esto…

Tenebrosa dejó por un momento al ciempiés tendido boca **ARRiBA**, y empezó a leer los números de las suelas de sus zapatos.

—820… 821… ¡Le falta el zapato número **822**! —exclamó, señalando el único pie descalzo con aire triunfante.

Mientras, las trillizas se dirigían sigilosamente hacia su coche.

Escalofriosa se dio cuenta:

—Tía, ¡las Rattenbaum se LARGAN!

—¡Quietas! —gritó Tenebrosa—. Ahora tenemos pruebas: ¡vuestro **CIEMPIÉS** cavó los hoyos! Pobrecillo, le prometisteis que aumentaríais su ración de comida a un panecillo mohoso entero al día. ¿Qué andáis buscando? ¿No será... un TESORO?

Las trillizas se volvieron, indignadas.

—¿Cómo te atreves? Nosotras no tenemos nada que ver.

—El ciempiés excavó por su cuenta.

—Nosotras no sabemos nada de tesoros ni de piratas.

—Conque no sabéis nada, ¿eh?

—exclamó Tenebrosa, con una SONRISA socarrona y se cruzó de brazos—. ¿Y por qué habláis de piratas? Yo no he mencionado a ningún PIRATA...

Las tres chicas, muy PÁLIDAS, levantaron al ciempiés y lo llevaron al asiento trasero del coche.

—¡Alejémonos de esta GENTUZA!

—¡Nos ACUSAN de cavar hoyos!

—¡Como si no tuviéramos NADA mejor que hacer!

Antes de subir al coche, las trillizas Rattenbaum echaron un vistazo PREOCUPADO al jardín.

—¿Cómo se lo tomará el abuelo? —preguntó Tilly.

—Nos quedaremos sin dote —respondió Lilly.

—¡Y también sin acompañante para el Gran Baile! —suspiró Milly y arrancó el vehículo.

¿DÓNDE ESTÁ EL TESORO?

El coche de las Rattenbaum arrancó con **DIFICULTAD**, como siempre, y Escalofriosa tuvo tiempo de acercarse a la ventanilla del ciempiés.

—¡Toma! —dijo y le tendió una **BOLSITA**—. Son las golosinas de Kafka. Te las da encantada, sabe que tu intención no era hacer **DAÑO** a nadie.

—**ZIGZIGZI** —gruñó el ciempiés y, para darle las gracias a la chica, le lamió la nariz.

—Esas tres son incorregibles —murmuró Tenebrosa, mientras observaba cómo se alejaba **RUIDOSAMENTE** el coche de las tri-

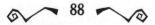

¡Je, je!

llizas Rattenbaum—. Por suerte, no han encontrado el tesoro.

Nosferatu sobrevoló su cabeza:

—A propósito... *¿Dóndestáeltesoro? ¿Dóndestáeltesoro? ¿Dóndestáeltesoro?*

Tenebrosa, muy pensativa, se ENREDÓ un mechón de largo cabello negro alrededor de un dedo y empezó a andar por el jardín, reflexionando en voz alta:

—Tal vez han buscado en el lugar EQUI-VOCADO. Bigotenegro siempre enterraba sus tesoros, ¿no?

Escalofriosa y Bobo asintieron.

—Pues tiene que estar aquí, en el jardín. Quizá los hoyos no sean lo bastante profundos...

Bobo se disponía a seguirla, pero tropezó con un AGUJERO y cayó de cabeza en la pila de una fuente abandonada, oculta entre las ZARZAS y llena de agua ESTANCADA.

¡Socorroooo!

¡ZAS!

—Bobo, ¡te prohíbo que te caigas! —protestó Tenebrosa, harta—. ¡Así no puedo reflexionar!

—¡Tan bobalicón como siempre! —resopló Nosferatu.

Bobo sacó la cabeza del agua, **EMPAPA-DO** y **DOLORIDO**, e intentó hablar:

—Pu-pues a-aquí abajo…

—¡SILENCIO, Bobito! —le ordenó Tenebrosa—. ¡A ver si puedo pensar un rato!

—A-aquí abajo… —insistió tímidamente el escritor.

Esa vez fue Escalofriosa quien interrumpió, señalando algo que Bobo tenía en la cabeza.

—¿Y eso qué es? ¡¿Una rana?!

—Una rana… ¡con una MONEDA de oro en la boca! —respondió Tenebrosa,

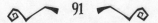

¡Plas!

exaltada, y entró en la fuente con mucho cuidado, para no **MOJARSE** demasiado. Tocó el **FONDO** con un pie—: ¡Lo que imaginaba! ¡Aquí abajo hay algo **RARO**!

—Es lo que i-intentaba de-decir… —aclaró Bobo.

—Deja de farfullar palabras incomprensibles —lo cortó bruscamente Nosferatu—, y ayuda a la pobre Tenebrosa. ¡No eres más que un escritor inútil!

Bobo comprendió que **NADIE** iba a escucharlo: en el fondo de la pila había un viejo

COFRE de metal, ¡acababa de chocar con él! Se resignó, lo levantó con esfuerzo y fingió una gran sorpresa cuando Tenebrosa exclamó:

—¡Es el tesoro! ¡El tesoro de Morgan Bigotenegro!

Nosferatu señaló el cofre con una ala, y gritó:
—¡Los rumores eran ciertos! ¿A qué esperáis para abrir ese baúl?

¡El tesoro de
Morgan Bigotenegro!

UNA AUTÉNTICA FORTUNA

—Nosferatu tiene razón. ¡Ábrelo, tía!

Una vez fuera del agua, Tenebrosa forzó la vieja CERRADURA del cofre y la hizo saltar.

—¡Por el pelaje pulgoso de un gato negro! ¡Aquí dentro hay una *fortuna*!

El cofre estaba repleto de monedas de oro, con la imagen de un caballero roedor con **PELUCA** y CORONA.

—¿Quién es? —preguntó Escalofriosa.

—Ratardo IV el Desleal —respondió sin dudarlo Tenebrosa—, *rey* del Valle Misterioso hace cuatro siglos.

Bobo cogió una moneda y la mordió:

—¡Ay! Es ORO, estoy seguro.

—¿Y qué iba a ser? ¿Caca de mosca?

—se burló Nosferatu.

Encima de las monedas había un pergamino
AMARILLENTO. Tenebrosa lo leyó:

*Aquí está la cantidad acumulada día
tras día, a lo largo de varias décadas,
durante mi honrada y honesta carrera
de pirata.*
*Todo pertenece a la encantadora,
delicada y adorable Doña Ratalda
Shakespeare, que ha alegrado con su
preciada amistad mis años de merecida
jubilación tras una vida llena de
aventuras.*

Morgan Bigotenegro

—¡Qué **romántico**! —la interrumpió Escalofriosa, secándose una lágrima.

—Espera, aquí hay algo más escrito —dijo Tenebrosa—, no se ve muy bien...

Frunció la nariz y prosiguió:

¡Ah, lo olvidaba! Con la edad voy perdiendo la memoria, no recuerdo dónde oculto mis cosas.
Si Doña Ratalda no encuentra el cofre, el tesoro lo heredarán sus nietos.
O sus bisnietos.
O sus tataranietos.
O quien lo encuentre, ¡por todos los ratones! Siempre que se apellide Shakespeare, claro.

—¿Has oído, Bobo? —se entusiasmó Escalofriosa—. ¡El tesoro es **TUYO**!

—¡Quién me lo iba a decir! —exclamó el escritor y se **SONROJÓ**.

—Aquí hay mucho dinero —reflexionó Tenebrosa. Luego, en tono amistoso, añadió—: El suficiente para crear unas becas destinadas a jóvenes roedores que merezcan estudiar en la **ACADEMIA DE LAS ARTES DEL MIEDO**. Bobo recuperó su palidez e intentó protestar, pero Tenebrosa no lo dejó hablar:

—Y, con lo que sobre, puedes encargar una **ESTATUA** de Morgan Bigotenegro, para colocarla en la Plaza del Pirata Desconocido de Lugubria.

Bobo sabía muy bien que cuando a su amiga se le metía algo en la cabeza, solamente podía hacer una cosa: **OBEDECER**. Por eso, dijo con resignación:

—Es… es una gran idea.

Nosferatu se acercó al cofre, frunciendo la nariz:

—¿No notáis un **OLOR MUY RARO**?

Tenebrosa se inclinó sobre el baúl y, a continuación, lo confirmó:

—Tienes razón, ¡el COFRE huele deliciosamente mal! Debe de haber algo debajo de las monedas.

Metió la mano y sacó un OBJETO AMARILLENTO, cubierto de moho verde, que despedía una peste narcótica. Bobo se DESMAYÓ al instante.

Tenebrosa olió el objeto:

—Es queso curado y está en su punto... ¡tiene unos cuatro siglos!

—¡Qué aspecto tan **exquisitamente fétido**! —exclamó Escalofriosa.

Bobo recobró el sentido y opinó, mareado:

—Yo diría más bien... *¡espantosa- mente fétido!*

Del queso salió la cabeza de un gusano muy viejo, con una barba larga y unas gafas de culo de botella.

Gusano con solera

—¿Y ése quién es? —preguntó Bobo, muy nervioso.

—¿Quién va a ser? ¡Un **GUSANO** con solera! —respondió Tenebrosa—. Quizá este queso sea lo que necesita el señor Giuseppe.

—¡Síííí! —confirmó Escalofriosa—. Es el ingrediente perfecto para el **Estofado Especial del Solsticio**.

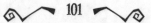

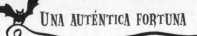

—¿De ve*d*ad greéis gue un gueso de guatro siglos es buena idea? —balbuceó Bobo, **TAPÁNDOSE** la nariz con las dos patas.

—¡Claro que sí! ¡Vamos a llevárselo ahora *MISMO*!

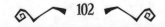

Un Solsticio...
¡De Miedo!

¡SUBLIME!

¡SUPERIOR!

¡SÚPER!

—exclamó el señor Giuseppe tras probar un trocito mohoso del **antiguo queso**.

Muy pronto, un hedor pestilente impregnó el Castillo de la Calavera, provocando que a sus peculiares habitantes se les hiciese la boca **AGUA**.

—¡Espera, Lánguida! —le dijo Tenebrosa a la planta

carnívora, que reclamaba su ración de estofado tendiendo una cuchara—.

¡¿No tienes suficiente con los **BOTONES**?!

—¡Hay de sobra para todos! —anunció el señor Giuseppe, removiendo el contenido de la **OLLA**.

Cuando las tinieblas envolvieron el Castillo de la Calavera, todos estaban listos para la **CENA**. La antigua mansión nunca había estado tan **LÚGUBRE**. Habían recubierto los muebles con las telarañas plateadas de la Abuela Cripta, y la sala tenía un aspecto deliciosamente **ESPECTRAL**.

Antes de sentarse a la mesa, Entierratón recitó su poema *Los sepulcros negros*, y dejó a sus familiares sin palabras.

~◈ ODA ◈~
LOS SEPULCROS NEGROS

DEL GRAN POETA ENTIERRATÓN

❀ ❀ ❀

MARCHITA LA HIERBA CRECE,
FÉTIDOS SON LOS OLORES,
QUIEN ENTRA PERMANECE
SIEMPRE ENTRE OSCUROS HORRORES.
OH, MIS SEPULCROS NEGROS,
VUESTRO ENCANTO ES DEMENCIAL
Y VUESTRO OLOR, TAN ESPECIAL,
ES PARA MÍ MUY PLACENTERO.
OH, MIS TUMBAS OSCURAS,
SOIS TAN ESPECTRALES
QUE A LAS RATAS ENTERRADAS
LES SALEN UN PAR DE ALAS.

—¡QUÉ RIMADOR! ¡Qué cantor! ¡QUÉ POETA!

—lo elogiaron cuando recuperaron el habla.

Todos hicieron los honores al Estofado Especial del Solsticio del señor Giuseppe.

Bobo, tras la primera cucharada, fue el único que se puso verde, y empezó a sentirse mal y a tener **NÁUSEAS**.

—Ops. Perdón, no me encuentro bien…

—No exageres, Bobito —le dijo Tenebrosa—. ¡Estás **PERFECTAMENTE**!

Es el color perfecto para tu disfraz. Además, tenemos que irnos en seguida.

Bobo y Tenebrosa estaban ESPLÉNDIDOS y TERRIBLES con sus disfraces para el baile.

—¡Dejaréis a **TODO** el mundo con la boca abierta, tía! —comentó Escalofriosa, muy entusiasmada.

—¡Os veo maravillosamente **ESPANTO- SOS**! —afirmó la Abuela Cripta.

—**¡TERRORÍFICOS!** —exclamaron a coro Ñic y Ñac.

—**¡ATROCES!** —opinó Entierratón.

—**¡IMPRESIONANTES!** —aplaudió Madam Latumb.

—**¡NAUSEABUNDOS!** —los aclamó el señor Giuseppe.

—**¡ÑAM, ÑAM!** —concluyó Lánguida, haciendo rechinar los dientes.

UN INVITADO SORPRESA

Encerrado en su contenedor de reciclaje, a Bobo le costaba moverse, y TROPEZÓ tres veces antes de subir al Turbolapid de Tenebrosa.

—Bobo, te **PROHÍBO** que vuelvas a tropezar —lo regañó ella y arrancó el coche.

La fachada de la Academia de las Artes del Miedo estaba ADORNADA con telas de color morado, luces funerarias y bombillas de luz temblorosa.

—¡Qué funeral tan espléndido! —susurró Tenebrosa, con ojos soñadores.

Había espectros, búhos, momias, vampiros, murciélagos, sanguijuelas, contenedores y monstruos varios.

El patio estaba repleto de roedores y roedoras **DISFRAZADOS** con trajes de lo más divertidos y horripilantes.

Las trillizas Rattenbaum querían ser diferentes al resto de invitados y, sin lugar a dudas… ¡eran las más **CÓMICAS** de la fiesta! El vestido de Milly era demasiado largo, el de Tilly, demasiado corto y el de Lilly, demasiado ancho. Además, de sus enormes pelucas salían pequeñas arañas que les hacían **COSQUILLAS**. Las acompañaba Andrés, el ciempiés, que calzaba 1.000 zapatos de claqué.

★ —¡Qué fiesta tan estupenda! ★

—exclamó Tenebrosa.

Bobo no estaba tan contento. Los demás invitados habían utilizado los distintos compartimentos de su contenedor para echar basura, y el pobre casi no podía **MOVERSE**.

Contemplaba a Tenebrosa desde lejos, mientras ella BAILABA desenfrenadamente con el ciempiés.

De pronto, en el patio sonaron las terribles notas del *Himno a la Apatía* de Ratwig van Ratthowen, y Tenebrosa volvió junto a Bobo.

—Es una fiesta *inolvidable* —suspiró la dama más fascinante del Gran Baile.

—Sí, *inolvidable* —estuvo de acuerdo su acompañante.

—Solamente falta una cosa —añadió la chica, frunciendo el CEÑO—. Que aparezca un fantasma para que yo pueda entrevistarlo. Me pregunto a qué espera Bigote-

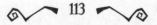

negro para dejarse **VER**, ahora que ya hemos encontrado el tesoro.

En ese momento, una ráfaga de **VIENTO GÉLIDO** embistió a Bobo y a Tenebrosa y, al cabo de un segundo, se acercó volando un fantasma de expresión seria, que llevaba un curioso sombrero con una pluma.

Era él, ¡el pirata *MORGAN BIGOTENEGRO*!

—He oído que alguien ha encontrado mi TE-SORO. ¿Quién ha sido?

Tenebrosa aplaudió, entusiasmada, y gritó:

—¡Señor Bigotenegro! ¡Bobito ha encontrado su tesoro! Ven, que te presentaré al señor pirata. ¡Bobo! ¿Bobo?

Pero el pobre Bobo se había **DESMAYA-DO** y estaba en el suelo, debajo de la basura que salía de su disfraz.

—¡Bobo! ¡¿Por qué siempre te desmayas en el mejor momento?! —comentó Tenebrosa, **NEGANDO** con la cabeza. Luego se dirigió a

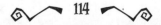

Bigotenegro y añadió—: Es un descendiente de su amiga, *Doña Ratalda*. Es un Shakespeare.

—¿Un Shakespeare? —preguntó el fantasma, y se le ILUMINÓ la mirada—. Entonces, mi tesoro está en buenas manos.

—¡Por supuesto! —declaró Tenebrosa—. Y ahora, ¿qué le parece si vamos a un lugar más tranquilo? Me gustaría mucho hacerle una ENTREVISTA.

FIN

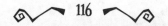

¡HASTA EL PRÓXIMO RATSELLER!

Una vez más, el libro de Tenebrosa obtuvo un éxito… *¡superratónico!*

El Eco del Roedor recibió montones de cartas, llamadas, mensajes de móvil y correos electrónicos pidiendo otra historia de MIEDO.

¿Y sabéis quién era el más fanático de todos? ¡Mi querido abuelo, Torcuato Revoltosi! Una mañana, se **PRESENTÓ** en mi despacho, gritando:

—No te quedes ahí parado, perdiendo el tiempo como siempre, nieto. ¿Cuándo publicarás un nuevo libro de Tenebrosa Tenebrax, la autora más superratónica y **ESCALOFRIANTE** del Valle Misterioso?

Yo no tenía ni idea. Mi amiga siempre elige los momentos más inesperados para enviarme sus obras. Pero mi abuelo insistía y me LLAMABA cinco veces al día. Benjamín y Pandora venían a verme al despacho todos los días, y siempre se iban un poco DESILU-SIONADOS, porque no había una nueva historia. Y los ratoncitos que asistían a las presentaciones de los libros de Tenebrosa siempre me hacían la misma pregunta. Por eso, al final, decidí enviarle este mensaje a mi queridísima amiga: «¡Escribe algo, Tenebrosa! ¡Escribe, escribe y escribe! Todos estamos esperando tu nuevo ratseller. Firmado: *Geronimo Stilton*, director de *El Eco del Roedor*».

ÍNDICE

1. Monte del Yeti Pelado
2. Castillo de la Calavera
3. Árbol de la Discordia
4. Palacio Rattenbaum
5. Humo Vertiginoso
6. Puente del Paso Peligroso
7. Villa Shakespeare
8. Pantano Fangoso
9. Carretera del Gigante
10. Lugubria
11. Academia de las Artes del Miedo
12. Estudios de Horrywood

Geronimo Stilton

**Marca en la casilla correspondiente los títulos
que tienes de todas las colecciones de Geronimo Stilton:**

Colección Geronimo Stilton

Libros especiales

- [ ] En el Reino de la Fantasía
- [ ] Regreso al Reino de la Fantasía
- [ ] Tercer viaje al Reino de la Fantasía
- [ ] Cuarto viaje al Reino de la Fantasía
- [ ] Quinto viaje al Reino de la Fantasía
- [ ] Sexto viaje al Reino de la Fantasía
- [ ] Séptimo viaje al Reino de la Fantasía
- [ ] Viaje en el Tiempo
- [ ] Viaje en el Tiempo 2
- [ ] Viaje en el Tiempo 3
- [ ] La gran invasión de Ratonia
- [ ] El secreto del valor

Grandes historias

- [ ] La isla del tesoro
- [ ] La vuelta al mundo en 80 días
- [ ] Las aventuras de Ulises
- [ ] Mujercitas
- [ ] El libro de la selva
- [ ] Robin Hood
- [ ] La llamada de la Selva

Tenebrosa Tenebrax

- [ ] 1. Trece fantasmas para Tenebrosa
- [ ] 2. El misterio del castillo de la calavera
- [ ] 3. El tesoro del pirata fantasma

Los prehistorratones

- [ ] 1. ¡Quita las zarpas de la piedra de fuego!
- [ ] 2. ¡Vigilad las colas, caen meteoritos!

Superhéroes

- [ ] 1. Los defensores de Muskrat City
- [ ] 2. La invasión de los monstruos gigantes
- [ ] 3. El asalto de los grillotopos
- [ ] 4. Supermetomentodo contra los tres terribles
- [ ] 5. La trampa de los superdinosaurios
- [ ] 6. El misterio del traje amarillo
- [ ] 7. Las abominables Ratas de la Nieves

Cómic Geronimo Stilton

- [ ] 1. El descubrimiento de América
- [ ] 2. La estafa del Coliseo
- [ ] 3. El secreto de la Esfinge
- [ ] 4. La era glacial
- [ ] 5. Tras los pasos de Marco Polo
- [ ] 6. ¿Quién ha robado la Mona Lisa?
- [ ] 7. Dinosaurios en acción
- [ ] 8. La extraña máquina de libros
- [ ] 9. ¡Tócala otra vez, Mozart!
- [ ] 10. Stilton en los Juegos Olímpicos

Tea Stilton

- [ ] 1. El código del dragón
- [ ] 2. La montaña parlante
- [ ] 3. La ciudad secreta
- [ ] 4. Misterio en París
- [ ] 5. El barco fantasma
- [ ] 6. Aventura en Nueva York
- [ ] 7. El tesoro de hielo
- [ ] 8. Náufragos de las estrellas
- [ ] 9. El secreto del castillo escocés
- [ ] 10. El misterio de la muñeca desaparecida
- [ ] 11. En busca del escarabajo azul
- [ ] 12. La esmeralda del príncipe indio

Vida en Ratford

- [ ] 1. Escenas de amor en Ratford
- [ ] 2. El diario secreto de Colette
- [ ] 3. El club de Tea en peligro
- [ ] 4. Reto a paso de danza
- [ ] 5. El proyecto supersecreto

QUERIDOS AMIGOS Y AMIGAS ROEDORES, ¡HASTA EL PRÓXIMO LIBRO!